偷走睡眠的人

Molana Jalaluddin
RUMI

[波斯] 鲁米 著
[美] 沙赫拉姆·希瓦 译　白蓝 译

华夏出版社

哦

沙姆士·塔布里兹

示现了

您无边的爱

让还在路上的爱人

深深迷醉

目录

关于鲁米...1

鲁米的诗...14

译者序...26

前言○迪帕克·乔普拉...38

序言○沙赫拉姆·希瓦...40

鲁米四行诗...55

波斯神秘主义词汇...148

沙赫拉姆·希瓦...150

CONTENTS

BIOGRAPHY OF RUMI...1

RUMI'S QUATRAINS...14

PREFACE BY TRANSLATOR...26

FOREWORD BY DEEPAK CHOPRA...38

INTRODUCTION BY SHAHRAM SHIVA...40

THE QUATRAINS OF RUMI...55

PERSIAN MYSTICAL TERMINOLOGY...148

SHAHRAM SHIVA ...150

BIOGRAPHY OF RUMI
关于鲁米

莫拉维·贾拉鲁丁·鲁米（Molana Jalaluddin Rumi，1207—1273），人类伟大的精神导师、历史上最伟大的天才诗人之一。他是苏菲教派倡导追求热情与狂喜是天人合一境界唯一途径的创始人之一，他被许多历史和现代文学家视为人类历史上影响力最大的诗人兼哲学家，影响力甚至超过但丁和莎士比亚。他的作品从19世纪起被引介到西方世界，至今已被公认为世界文学中的瑰宝。

"鲁米"意指来自东罗马帝国。鲁米原名穆罕默德，贾拉鲁丁是他的称号，意为宗教圣人。后来他也被尊称为莫拉维，意为大师、长老。鲁米1207年9月30日生于波斯帝国东海岸的巴尔赫城（Balkh），即今日阿富汗所在地，最终他定居在科尼亚城（Konya），即今日土耳其所在地。现在有三个国家都称他为他们国家的诗人：伊朗、土耳其和阿富汗。但是，现在的这三个国家当时其实并不存在。伊朗以前叫波斯帝国，一个君主专制国家，比今天这个国家要大得多。它包括今天伊朗及阿富汗的全部，还有巴基斯坦、土库曼斯坦、塔吉克斯坦、乌兹别克斯坦、土耳其及伊拉克这些国家的一部分。那时土耳其还不存在，而阿富汗是老波斯帝国呼罗珊省的一部分。

鲁米出身于书香世家，他的父亲是一位有学识的神学家。为了躲避当时蒙古人的侵略，他们全家逃往麦加，在穆斯林地区几经辗转之后，最终在土耳其安纳托利亚的科尼亚定居。鲁米自幼受父亲的教育和熏陶，在伊斯兰教神学、哲学和文学等方面打下了坚实的功底。父亲去世后，鲁米在1231年继承父业，成为一名伊斯兰教的学者。

将鲁米引入神秘主义之门的人是一个名叫沙姆士的苦修僧人。与沙姆士在1244年的相遇，使鲁米发生了巨大的转变。用鲁米自己的话来说："我从人类身上看到了从前认为只有在真主身上才有的东西。"他开始成为一位神秘主义诗人。鲁米把他的抒情诗集命名为《沙姆士·塔布里兹诗歌集》。这部诗集收录了3230首抒情诗，共计35000诗行。诗中运用隐喻、暗示和象征等艺术手法，通过对"心上人""朋友"的思念、爱恋和追求，表达修道者对真主的虔诚和信仰，阐发了"人神合一"的苏菲之道。

八年之后，沙姆士去世。为了纪念这位挚友，鲁米创立了苏菲派莫拉维教派，即我们熟知的"旋转的苦行僧"。鲁米通过诗歌、音乐和旋转舞将苏菲们引向对真主的爱，最终进入与真主合一的境界。

鲁米在生命的最后13年中，创作了诗歌巨作——叙事诗集《玛斯纳维》（Mathnawi），共6卷，51000余行。这是应他最喜欢的学生胡萨姆·丁·查拉比（Husam al-Din Chalabi）的要求而写的。在这部鸿篇巨制中，鲁米将苏菲教义以诗歌的形式传达出来，更易于苏菲们的理解和记忆。整部诗集都是由鲁米口述，胡萨姆听写而成。

《玛斯纳维》被誉为"波斯语的《古兰经》"。诗集取材广泛，内容异常丰富，以寓言、传奇和故事的形式传达了神秘的苏菲教派的哲学和宗教思想，被誉为"知识的海洋"。

《玛斯纳维》第6卷最后一个故事在讲述到一半时戛然而止，显然，鲁米还没有来得及讲完他的故事。他于1273年12月17日去世。此后，每年的这一天就成了苏菲们庆祝的节日，他们把这一夜称为合一之夜。

此外，鲁米还有《讲道集》和《书信集》等著述传世。

鲁米在波斯文学史上享有极高的声誉，他与菲尔多西、萨迪、哈菲兹齐名,四人有"诗坛四柱"之称。集诗人和神秘主义者于一身的鲁米,受到过诸如黑格尔、柯勒律支、歌德、伦伯朗、教皇约翰二十二世等人的赞誉。随着20世纪60年代在美国兴起的新时代运动的发展和兴盛,西方人把目光投向古代、投向东方,寻求一切可能满足他们心灵渴望和精神追求的灵性源泉。在20世纪90年代,经由鲁米诗歌英译者的努力,700多年前的苏菲神秘主义诗人鲁米,令人难以置信地成为当代美国最受欢迎的心灵诗人,一本收录了他代表作的英译诗集在美国销量达到50万册。关于鲁米和鲁米的诗,在中国,不久的未来,相信定会有胜过美国的奇迹出现。他的诗歌被重新谱曲并演唱,成为进入音乐排行榜的畅销音乐。甚至苏菲们的旋转舞,也被吸收成为现代舞的舞蹈语言。

要准确和深入理解鲁米的诗歌,就要对被称为"教中之教"的伊斯兰教神秘教派苏菲派有所了解。历史记载,苏菲派(Sufism)是伊斯兰教内部一个非主流派别,包括很多彼此独立的教团,教团的首领即长老。在教团内,由长老传道,指导教徒修行。据说,鲁米领导的莫拉维教团是较著名的一个苏菲教团。苏菲派通过禁欲苦修、克己忍让和行善济人来进行自我修炼和净化,最终进入自我消解、与挚爱者合一的境界。苏菲派最重要的仪式为齐克尔(Zikr),要反覆念诵颂主经文或语句(从数百遍到十万遍不等),往往伴随着诗歌、音乐和舞蹈。通过不断的颂主、悦耳的歌唱、婆娑的舞姿、激烈的旋转,苏菲们会慢慢进入恍惚、陶醉、出神、狂喜的状态,获得与真主合一的体验。

从这点来看,鲁米其实是苏菲当中的苏菲,也就是,他其实并非苏菲,而是身在苏菲教团,但远远超越了、超脱于苏菲。他是觉者,已经超越任何宗教、教团、教派。你看:

不要谈论夜,因我们的日子没有夜。
每种宗教都有爱,爱却无宗教之分。

爱是海洋，无边无岸，
很多人溺水，却听不到后悔的呻吟，对上帝的呼唤。

不管我头放在哪儿，他都是头下的枕垫。
在六方及六方之外，他都是上帝。
花园、花朵、夜莺、旋转舞，以及伴侣。
这些统统是借口。他才是我唯一的理由。

鲁米的诗歌表达的是人类永恒不变的主题：爱、生命、死亡；对真主的爱，以及与真主合一是鲁米诗歌尤具特色的主题。真主在鲁米诗集里被称作挚爱者。鲁米用诗歌表达对神、对万物之源的爱，并不会让现代人无法理解和接受，因为鲁米描述的确是人类终极想要达成的，反倒更适合无神论者和怀疑论者阅读。盲目的信仰的羔羊其实是鲁米也已经摒弃的——自从他被沙姆士这个觉者点燃之后。正如鲁米诗中描述：

他们说:"头脑的爱更好,
所有信仰中,偏见更好。"
是的,你们的话金子般闪烁,但是,
我的生命,献给沙姆士·塔布里兹,更好。

鲁米诗集反复在阐释的,是很多觉者一直在重复的:灵修就是求证一道证明题。答案已给出,方程等式已给出。觉醒的我=上帝=道=佛=真主。

首先,你要知道,你要求证的,就是这道已经有答案,有等式的证明题。多数人是不知道,也不相信这一点的。他们一般会觉得,上帝>觉醒的我。他们也会觉得,上帝不等于道,不等于佛,更和真主不沾边儿。

其次,你要求证,要经历一个求证的过程。就是这个求证的过程,耗费了恒河沙的行者一生,甚至数生的光阴,也演绎出那么多故事。鲁米已经完成这个求证的过程,我们多数的人依然在这个求证的过程中,是恒河沙的行者中的一粒。有的人甚至还没有开始这个过程,也有的人惧怕经历这个过程，依然在两个世界里沉溺贪玩。

一旦生起完全的自信，你就会突然发现，原来你自古及今，乃至未来，从来都是觉者，都是上帝，都是真主，都是挚爱者，同时也是被爱者。不过是随着发心、愿力，及上天赋予的角色的不同而示现不同的比例而已。鲁米的诗就能给你这种自信。开悟，觉醒是每个人的专利，是每个诚实的人，真正放开、放下的人的专利，不是给道貌岸然的宗教导师准备的，和宗教无关，和道德无关，是和死相关的。而这死，并不是身体的死，它是头脑的死，是头脑的降服。降伏其心，让头脑静默，给直觉让路，你会即刻看到星星的升起，甚至七重天堂都因而失色，因为星是你的星，七重天堂不过是宗教编造的绑缚你的偏执的、虚无的谎言而已。其实，星也不是你的星，不过是你在为自己创造生命的一个示现而已。当你允许你的心、你的直觉发挥作用，让头脑让路，当你觉醒，你在加速创造你的生命，因而你便会时时喜悦到疯狂，时时看到光，时时感受到挚爱者的，其实就是你自己的无边的爱。

在纯净之水，我似盐消融，
亵渎不再，信仰不再，确信不再，犹疑不再。
在心的中央，升起一颗星。
竟令七重天堂失色。

鲁米的诗，虽时隔800年，但他吟唱的那亘古不变的真理却是历久弥新，纵使千年万年，也是鲜活如初。如老子的《道德经》，如《庄子》，如《金刚经》，却又是有着独特的诗意，有着独特的音乐与舞蹈的因子。看《道德经》，看《庄子》，看《金刚经》，或许你会拍案叫绝，或许你会醍醐灌顶，但你很难有歌唱的冲动，也很难有飞舞的渴望，但读鲁米的诗，你是有的，而且是强烈的。

它的诗让你完全打开自己，丢掉所有的矫饰，丢掉所有的盔甲，丢掉所有的头脑，让头脑死去，只让本能和直觉主导，让自己变成俗人眼中的疯子，而这疯子恰是多数真正求道者眼中的觉者。

今天挚爱者要我发疯。
我已发疯，但他要我再疯一点。
若非如此，那么为何他撕下面纱？
我已失态，但他要我原形毕露。

当你发现自己和挚爱者在一起，有一刹那的拥抱，
那一刻你会发现你真正的命运。
啊，不要破坏这宝贵的时刻，
这样的时刻非常、非常稀有。

RUMI'S QUATRAINS
鲁米的诗

陈全林

朋友白蓝翻译了波斯语系圣者鲁米的诗，在书没有出版之前，她把鲁米诗歌汉译本发给我阅读。我通读一遍，大有相见恨晚之感。鲁米是一位真正的悟证者、圣者，他的诗就是道歌。

鲁米闻名世界已八百多年，是与成吉思汗同时代的伟大诗人。据某些史料记载，他也是伊斯兰教苏菲派的创始者，一生以文学演道，以诗歌传道，留下被今人誉为"灵魂诗歌"的伟大诗篇。包括三千多首抒情短诗，及一部长达五万多行的长诗《玛斯纳维》。玛斯纳维即"大师"之意，鲁米就是这样的大师。鲁米通过诗歌、音乐、舞蹈三位一体的修持方式进入"与真主（挚爱者）合一"的神秘而觉醒的状态。诗歌之于他，既是讲道方式，抒情工具，又是修行法门和通灵法诀。诗歌，是娱神、赞神、通神的圣歌，是抒情、传道、修法的窍诀。

读完白蓝的译诗，沉思再三，反观自己的诗歌与当代中国的诗歌，我便发现，白蓝的翻译很自由，凭着直觉和她对诗歌的热爱，她对灵修的感悟，她对翻译的体验，她对形而上道的探索而组织文字，她没有过度斟文酌句地考虑韵律，反倒自由。

我读过很多国外诗歌的汉译本，感觉很多句子为了押韵，读起来甚是别扭。我也写诗，一直习惯于斟酌韵律，因此，写诗写得很辛苦。考虑韵律和辞藻，令人劳神，有时会"因词害意"。多年喜欢韵律的习气，使我不得不再三斟酌，花费很多时间、精力。白蓝做译，似乎没有因为韵律而劳神，反倒能更自然地传情达意。鲁米诗歌里赞美真主、探求真道的心意才是最宝贵的，他的诗歌所包含的见地、教诲，才是真正的明珠和光华。

读了白蓝的译本，我的第一念是购买鲁

米的全集。白蓝还讲了鲁米的诗歌近几十年来在西方的重大影响。西方人已经把鲁米看成一位圣者。

阅读白蓝译本的同时,我也在阅读赵萝蕤教授翻译的英国伟大诗人艾略特的《荒原》。高中时代我读过艾略特的很多诗歌,包括长诗《荒原》,现在又重读。艾略特研究过东方文学和东方宗教,说不定也研究过鲁米。中晚年,他的诗歌里的宗教气息越来越浓厚,在某种意义上,与鲁米的心越来越切近。只不过,艾略特是真正的诗人,而鲁米是真正的神秘主义者。艾略特以宗教升华诗歌,鲁米以诗歌传达宗教之上的真理。一个以诗歌为事业,一个以诗歌为教化。尽管他们信仰的宗教并不相同,一是基督教,一是伊斯兰教,但人性的关怀与神性的探索、内在的诗意是一样的。人类文化里最伟大的就是:宗教和灵修必然通达诗意，必然以酣畅的诗意来展现那种深邃、究竟、彻底的实相。《道德经》就被很多学者看成是"一部伟大的哲理诗"。正如当代中国另一位实修悟证而以小说、诗歌弘扬佛教文化、弘扬人类大善文化的雪漠上师所言：佛陀的生命里，有浓浓的诗意。如果没有那浓浓的诗意，也许就不再是伟大的佛陀。

伟大诗人最终都会以诗歌通达形而上。艾略特如此，鲁米如此。只是，鲁米的诗歌的宗教情怀更纯粹，更深邃。我如此，雪漠如此，只是，雪漠的诗歌的宗教见地更透彻，更圆满。

鲁米诗歌的英译序作者迪帕克说："从我六岁起，鲁米(Molana Jalaluddin Rumi)便开始帮我潜入精神的无边深渊。我的父亲会带我去莫沙拉(Moushaira)——夜晚音乐会，在那里伟大的诗人们不仅朗诵自己的诗歌，也会朗诵哈菲

兹 (Hāfez)、卡比尔 (Kabir)、鲁米 (Rumi)、迦利布 (Ghalib) 及其他诗人的诗歌。所用语言是波斯语 (Fāarsi)，这是我父亲的母语，所以当我坐在他旁边，或有时坐在他腿上的时候，他就会用英语或印地语向我解释诗歌的意涵。不论如何——即使我根本听不懂，我依然经历了在我周围发生的意识层面的转变，我也感受到了和他们是一体的。我经历了精神层面的狂喜。"

迪帕克小的时候坐在父亲的腿上听父亲诵鲁米的诗，而我小的时候，在父亲的腿上坐着，听他诵《唐诗三百首》。父亲就这样影响了我一生的诗情。这又是何等美妙的爱的教育和诗的启蒙。

读鲁米的诗歌，对我写诗是有帮助的。我一直想编辑一本西方和印度、波斯、中国的开悟者们所写的灵性诗集，希望能对中国的诗人有所帮助。我读过《圣经》里的诗歌；读过里尔克、荷尔德林这些被西方人认为是具有宗教精神、蕴含神秘主义的伟大诗人的诗歌；也读过哲学气息很浓的德国伟大哲学家尼采的诗歌；读过荣格的把宗教、诗性融为一体的《红书》；读过东方诗圣泰戈尔、纪伯伦的诗歌；读过克里希那穆提、韦达大师的灵性诗歌；唯独对鲁米的诗了解比较少。我少年时代读过与鲁米齐名的萨迪的《蔷薇园》，尽管现在记不得那些诗歌的内容了，但毕竟，我还是读了一些伊斯兰教的圣歌。对鲁米，我好像没有什么印象，我是从白蓝那里第一次知道鲁米的。即便我过去读过鲁米的片段诗歌，那也是二十多年前的事情，现在毫无印象。

在对鲁米一片空白的认知下，读了他的诗歌后，我一下子爱上了这位圣者。他的悟证，他的道歌，也像印度教的圣者、禅宗的圣者和他们所写的道歌。印度的商羯罗、泰戈尔、克里希那穆提、喇嘛尊者、韦达大师、尤迦南达,都写过具有神秘主义灵修体验的神圣诗歌,只是他们所写没有鲁米这么多。我很喜欢克里希那穆提和韦达大师的灵性诗歌,翻译成汉语,几乎都是"新诗"。每次见到他们的诗歌,我都要歌咏再三。

在印度,以诗歌表达对神性的礼赞与体悟,对神性的修证与传法,是伟大的传统。这个传统从神圣的《摩诃婆罗多》《摩诃衍那》《奥义书》就已开始。在伊斯兰教,也有很多圣者以诗歌来表达他们对真主的赞美,对教诲的领悟,这在鲁米和萨迪身上最为突出。

在中国,以诗歌传法、表达悟境的丹诀、禅诗,都是数以万计的。历代丹诀不下一万首,而《禅诗一万首》出版已二十年。"诗为禅家添锦绣,禅为诗家切玉刀"。诗歌最与灵性切近,是因为诗歌与心灵切近,诗为心声。诗歌也就与道最近。

在中国，在当代，只有雪漠上师和我坚持创作灵性诗歌。我曾在自己的诗歌《我要平静而真诚地写诗》的后面自信地解说：

在中国百年的新诗历史上，如此密集地创作具有宗教思想、灵修体验、佛法正见、文化底蕴的诗人，只有我和雪漠。我和雪漠的诗歌，在文本上具有甚深意义。未来，会有更多的歌者、诗人像我和雪漠一样创作，完成更多道歌一般的新诗，成为多度时空读者的精神甘露。因为，这些诗歌，不只写给这个世界，"也许，某个时空我的诗歌会照亮十个星球"。我们的诗歌，不只是文人灵感之禅悟，也是禅者定慧之实相。

只是，我和雪漠写的诗歌，目前还没有鲁米那么多，那么丰富，那么有影响。而我会学习鲁米的诗歌，也希望中国的灵性诗人，不论现在还是未来，也能从鲁米的诗歌里有所学习，有所收获，有所借鉴，甚至甚深地领悟。而白蓝的译诗，就是很好的读物，很好的参照，很好的范本。

有一定灵修体验的白蓝翻译鲁米的诗歌，也是听从了她内在灵性的声音。

我选择几首白蓝的译诗，让我们一起感受鲁米的博大，鲁米的神秘与鲁米的透彻。

你灵魂里有生命的力量，探寻那生命吧。
你身体的矿山里有宝石，探寻那矿山吧。
哦旅者，你若在找它，
不要往外看，要往自己里面看，然后寻到。

挚爱者使我放下赞美和财富。
他为我的灵魂量身定做了一套脉络和皮肤。
这身体是他的袍，我，一个苏菲，住在他的心里。
全世界其实就是庙堂，而他是这庙堂的住持。

哦你,像太阳独步天庭。下来吧。
没有你的脸,花园和叶子都是黄的。下来吧。
若没有你,宇宙只是尘与灰。下来吧。
若没有你,这酒醉的聚会就是冷的。下来吧。

我们醉了,不是因为酒。
我们聚会,如此欢快,不是因为竖琴或鲁巴。
没人斟酒,没人做伴,没人演奏,甚至没有酒,
我们却烂醉如泥,凌乱,晕眩。

合一路上,聪明人和傻子是同一个。
爱的路上,亲密的朋友和陌生人是同一个。
已品尝过与至上灵魂合一之酒的那一个,
在他的信仰里,克尔白和庙堂是同一个。
在爱里,只需啜饮永恒之酒,除此无他。
活着不为什么,只为给出生命。

我说:"先让我认识你,然后我就死去。"
　　他说:"已认识我的人,再不会死去。"

　但愿这六首短诗,能让你领悟鲁米诗歌之高妙,感受白蓝翻译之自由。也因为我们能阅读此书而成为认识"他"的人,也缘此而成为"不会死去"的人。因为,与至上合一的人,就成了至上的一部分,就是至上。至上没有死亡。我们在鲁米的诗歌里,能找到至上。我们谦卑阅读的时候,至上就在我们心中。而至上,也就是鲁米诗歌里的挚爱者。

2016年5月24日

Preface by Translator
译者序
白蓝

我和华夏出版社的编辑说,请有一定知名度的人写序就好。之前,我请儒释道皆通的陈全林老师帮我把关,看文字的功底如何,他已经按捺不住对鲁米万般的喜爱,写了那么好的文字,在我的请求下,他也答应了可以作为本书的序。我人微言轻,写了也起不到什么推广的作用,但他坚持要我写,说我最熟悉此书,应该写点儿什么的。

其实,说实话,我也是现学现卖,因为在此书从美国寄来之前,我一点儿也不知道里面都收录了鲁米的哪些诗歌,到底是不是精粹,到底是不是我都喜欢的,到底是不是中国的读者都喜欢的,或者,如果不是全部都喜欢，至少大部分是要喜欢的，否则出版社或编辑要我翻译此书，对他们，会是不小的损失，感觉上也是被我忽悠了一把，毕竟是我把鲁米介绍给了编辑，但我当时翻译的鲁米的几十首诗并非出自此书，所以翻译此书对我也着实像是一种赌注，一种冒险，有着令我兴奋的刺激，但也有着各种不确定，各种必然的忐忑，因为翻译出来就不单单是自己把玩，自己欣赏了，是要展现给或多或少的读者的。不管多少，只要展现，就好似一定要负有一定的责任。但随性如我，冥冥的安排竟也如此随性。好似在任性地玩，但冥冥中也让我很自然地负了责任，有了担当，我喜欢这种自然的责任与所谓的使命。

　　虽然我清楚鲁米无限的、超越时空的魅力，但不知道是否他人也如我对他、对他的所有诗歌都如此爱恋。这里我很感谢编辑的冒险,因为他和我一样,都是事先并不知道书的收录情况。他甚至是在我翻译完,发给他中文版之后,才知道此书到底是什么样的文字,什么样的风格。迄今为止,我和他还从未谋面,但彼此之间那种超乎寻常的信任令我动容,至少我是这么感觉的。也许他是从看我翻译的《人本食气》,推断出我的翻译能力还是有的,故此生发出的一种信任吧。

他和我是同龄,都是80后,我预感,同时也祝福他在图书出版的路上越走越好,因为他值得。他的直觉和感觉,他的诚实,他大度的信任一定会让他与很多好运不期而遇。

当远在美国的波斯裔美国人沙赫拉姆·希瓦寄来此书,我第一时间快速翻阅,我便有一种非常确定、非常自信的预感,此书虽小，但在中国的读者群里，影响会是深远的，掀起的内心的波澜会是壮阔的。虽然反应各有不同，但总体绝对会是如此。我唯独不放心的却是自己的翻译水平了。我知道，不管我如何努力，都无法百分之百再现此书英文版的美与魅，更无法再现此书波斯语版的美与魅，但我已尽力，至少可以让你窥斑见豹，一瞥鲁米的神与韵，如此，你内心会安定许多，喜悦许多，甚至更加确信，未来的你，甚至当下的你，是另外一个鲁米，东方的鲁米，或西方的鲁米，甚至会远远超越鲁米，因为此书真真切切、反反复复地在告诉你同一件事：爱是什么。如何重新找回爱，重新记起爱，重新示现爱。在爱的面前，我们和鲁米是平等的，重新记起的机会也是平等的，你只需调整你人生关注的焦点、关注的方向就好。就像诗中所述：

你灵魂里有生命的力量,探寻那生命吧。
你身体的矿山里有宝石,探寻那矿山吧。
哦旅者,你若在找它,
不要往外看,要往自己里面看,然后寻到。

在此之前,我尽是疯言疯语。
我抱怨这,抱怨那。
我一辈子都在咚咚敲这门,当他们打开,
我才发现,原来我一直是从里面敲的。

现在,我真的感到,至少对我来讲如是,四面八方的声音都在告诉我这样一个建立在真正的知识之光基础之上的资讯:你从来都是开悟的。你从来都是完美的。因为,道、上帝、爱、真主、本体、至上、无上、源头、挚爱者从来都在你的里面。所以,即使要崇拜明师,也只需崇拜自己,无须千难万险地走各种朝拜之路,无须住进寺庙，扎进深山，拜倒在谁的脚下。明白了这一点，至少我是欢欣的，因为我真正相信了自己内在的伟大，与他人，与万物真正是平等的。

  明白之后，我只需再走一个重新记起的过程，我只需调整自己的头脑，让它与那原本的母体合一、和谐。换句话说，你的内在始终都有一个太阳，无时无刻不在照耀着，但你总觉得平日里并非那么乾坤朗照，不是因为你的里面没有太阳，不是因为太阳在高处、在他乡，而只是因为有云遮盖着。你只需允许那云散去，只需有一个温柔的扫帚轻轻地拨开那云，立刻就会明白，原来日头时时朗照，原来你就是上帝，你就是道。但在记起之前，即使别人告诉你，你也绝不相信，只会频频摇头。

  现在，你既可以相信，也可以怀疑，但请一定开始重新记起的过程，请一定慢慢拨开那云，不管透过什么方式。我们可以聆听已经记起的人讲述的那个过程，可以阅读重新记起的人讲述的那个过程，但更重要的是，你最好要切实感知，你也同样可以重新记起。不需千里万里地寻，只需重新记起，就是这么简单。什么时候重新记起，完全取决于你，因为挚爱者、你的本体、至上、源头，从来没有生过，从来没有灭过的，偷走你睡眠的人儿，偷走你睡眠的那爱，亘古都在等你。

两年前，我隐居山林一段时日，遇到了一个人，自称无为，在我眼里，他也是一个重新记起的人，是一个觉者。他唱的歌都是自己写的，而且，他写的歌都是歌唱鲁米反复提起的那偷走你睡眠的人，只是起名为《无上传歌》，因为他说，这些都是来自无上，是无上传来，他只是充当了接收的工具。两年后的春节，我就在这山林里，在无为的歌声中，完成此书的翻译。两相印证，多方确认，我由衷地叹道，我是那么幸福，因为我几乎是被重新记起的人包围着的。我的生命当中有那么多重新记起的人，不管是过往的还是当下的，当然，无疑，也会有未来的。而我十分确信，重新记起的时日越来越临近了，内心也越来越欢悦了。在重新记起之前，在我还在过程里的时候，我还是喜欢以各种方式与有缘的各位分享个中诸多感受的，其中的一种方式便是翻译真正有价值的、直入人心的、类似鲁米诗集的、身心灵的书籍。一旦我重新记起，也许就像鲁米诗集里所说：

曾经，年轻时，我成为师父。

一度，我喜欢看到朋友。

现在，请听我的故事的结尾，看发生了什么——

我来如云，去如风。

所以,记起,也不需要那么急切,请慢慢来,请享受那缓慢、自然、多姿多彩的过程。在这过程里,感恩我们各种形式的身心的相遇。我是那么爱每一个你,没有缘由地,也不管你爱不爱我。我相信,很多的你是同感、同受、同爱的。这就足矣。

最后,我以山林中那位唱歌的、觉醒的、重新记起的无为唱出的几首歌儿来结尾吧。无须问你,我知道你必是爱这歌儿的,请原谅我现在的过度自信与小膨胀吧。

任何是我做

千万记得我,千万记得我

任何是我写,一切是我说

千万记得我,千万记得我

任何是我歌,一切是我做

千万记得我,千万记得我

从无有二个,你我本是一

千万记得我,千万要爱我

千千万万记得我,万万千千爱着我

问爱是什么

爱爱爱,爱爱爱,爱爱爱爱

问爱是什么,问爱是什么

爱是你内在不灭之光

是你内在涌动的声波

问爱是什么,问爱是什么

爱是你内在永恒不灭的圣歌

是你内在光亮的漩涡

问爱是什么,问爱是什么

爱是你内在永恒不灭的灯火

是你内在纯净的真我

问爱是什么,问爱是什么

爱是你内在永恒跳动的脉搏

是你内在究竟的佛陀

等你

我等你在这里

等你在春里,造化的种子撒满大地

等你在夏里,山河大地换上了跳动的绿衣

等你在秋里,归位的圣灵惊天喜地

等你在冬里,无量光音奏响天籁之旅

我等你在风里,清风摇动是我的外衣

我等你在雨里,圣水把无始的尘埃洗浴

清风细雨是我爱的传递

我等你在光里,等你在音里

光音振动是我的旋律

是我缠绵的爱语

我等你在爱里,宇宙乾坤都在爱里生息

我是你内在光亮永生的真义

我等你,请你不要着急,但请一定要来,因为你必然要来,早晚都得来。

2016年5月1日

Foreword
by Deepak Chopra

前言
迪帕克·乔普拉

T. S.艾略特曾说,诗歌是对无以言说的事物发起的突然袭击。从我六岁起,鲁米(Molana Jalaluddin Rumi)便开始帮我潜入精神的无边深渊。我的父亲会带我去莫沙拉(Moushaira)——夜晚音乐会,在那里伟大的诗人们不仅朗诵自己的诗歌,也会朗诵哈菲兹(Hāfez)、卡比尔(Kabir)、鲁米(Rumi)、迦利布(Ghalib)及其他诗人的诗歌。所用语言是波斯语(Fāarsi),这是我父亲的母语,所以当我坐在他旁边,或有时坐在他腿上的时候,他就会用英语或印地语向我解释诗歌的意涵。不论如何——即使我根本听不懂,我依然经历了在我周围发生的意识层面的转变,我也感受到了和他们是一体的。我经历了精神层面的狂喜。

今天,作为一名医生,我确实意识到,话语有疗愈的力量,可以让我们感到安全,可以转换我们的生命,带给我们喜悦,以及生命的意义及目的。话语能让我们更靠近上帝,鲁米的话语就是如此。在《鲁米:偷走睡眠的人》里,沙赫拉姆·希瓦(Shahram Shiva,基因里有着苏菲文化、智慧及历史深深的印记)带给我们疗愈的体验。我把他翻译的书推荐给任何想记起的人。关于记忆,苏菲对应词汇是Zikir。Zikir是对我们内边及周边神圣的重新记起。我们不需要奋力或学习成为专家,我们只需要记起。《鲁米:偷走睡眠的人》会帮你做到这一点。

INTRODUCTION
BY SHAHRAM SHIVA

序言

沙赫拉姆·希瓦

"偷走我睡眠的人"

用泪浸湿我的圣坛。

没有声音,

甚至没有呼吸,

在全然的静默中,

他在梦里抓住我,

扔我在水里,

在甘甜的水里。

现在玫瑰和荆棘是合一的。

还有芬芳,

使天堂重生。

在波斯,有四种层次的朋友,依亲密度而定:Aashenaa(随意认识的朋友)、Doost(密友)、Rafeegh(你最好的朋友)及Yaar(你不可分离的爱人)。但是,这些层次,与你和某人的身体层面的关系是无关的。这亲密度显示的是你与另一个人深层灵魂的连接,因此,你的配偶,可能只是你的Aashenaa。又或者,你与你的Yaar有着完美的柏拉图式的情感。有些神秘主义者便用这些层次来衡量他们与上帝及挚爱者的亲密度。对鲁米来说,挚爱者与沙姆士是一个,两个(合一)都是他的Yaar。这便能够解释得通为何鲁米的诗被称作"爱情诗"。难道它们够不上吗?鲁米是最高的神秘主义者,他与挚爱者的神圣亲密连接已经达到少有的高度。鲁米的每一首诗,当下的那一刻说出的每一首,都是他这个存在蜕变的自传式记录。每次诵读鲁米的诗,那体验都会再度复活。

　　假如宇宙间有什么是永恒的,那便是爱——连接所有造物的芯线。据说地球绕着太阳转也是因为爱。印度教中希瓦/夏克蒂(挚爱者/爱人,造物主/造物)的主题便是对创造过程精确、浪漫及诗意的阐释。说到底,为何要有造物呢?有着无限洞察力的造物主又为何一直做神秘主义者所称的"嘉年华"或"剧院"的旁观者呢?唯一可以接受的解释便是爱。只有当你最真地爱着某人时,才不会讨厌和他在一起,也不会讨厌看着他成长。这宇宙是一个纯净的、集中的、永远满注着爱的能量的示现。有谁还奇怪为何鲁米的粉丝如此广布吗?

我们是这样的造物,迷恋爱、占有爱,甚至也占有爱的一切陷阱。缺少爱,我们会受苦;遭遇虚伪的爱,会觉得被辜负。我们对爱充满幻想,为它搭建云中的城堡。世界上最为老生常谈的文字莫过于永恒的爱。最近,这个星球上大家看得最多的电影不是动作/冒险片(尽管拍了不少),也不是关于百万年前漫步地球的巨型动物,也不是以遥远的银河系为背景,以东方神话为情节的科幻片,而是一个简简单单的故事,是关于年轻的爱,充满种种阻碍(在《精美的瓷器》[fine china]这首歌里有体现),再加上可以预见的伤心结局。

每一天、每一刻,在我们的周边,我们都能看到、听到各种形式的爱的表达。透过大自然所有的媒介,甚至在亚原子粒子里也是如此。物理学家假设,相反极性的微粒子结合的刹那,只是为了及时燃烧,并一起消失。你听说过比这更浪漫的故事吗?迄今最有效、最具破坏力的电脑病毒便是携带"我爱你"这个讯息的。全世界的电脑用户都会禁不住打开带有如此诱惑力的标题的文件。每个粒子的每个原子都禁不住要呈现出其构成的精髓。在这么一个迷恋爱的宇宙，我们竟能称它的使者鲁米之名，我们是多么幸运。

为了进一步了解鲁米热的现象，我最近在我的一个诗歌工作坊里询问了约五十位参与者，让他们说出为何鲁米对他们如许重要。之后我把他们的回复清楚地分成十二类：一、非智能 (intellect) 层面的：他们发现鲁米契合他们的心、情绪及本能 (instinct)，而非智能层面的。二、层级：他们在鲁米的诗歌里发现了很多层级。他们越深入了解鲁米，越欣赏他的深度，并被激励着，去挖掘更深的蕴涵。三、合一：在鲁米的诗里，对他们来讲，非常有吸引力的地方在于，他们从中找到了合一的感觉，也找到了世界大同。四、友谊：他们把鲁米看作朋友。五、个人的：对他们来讲，读鲁米的诗是非常个人化及亲密的体验，他们把自己和他紧密联系到一起。六、**恩典的降临**：每次读鲁米的诗，他们都感觉是恩典的降临。七、**归属感**：他们在鲁米的诗里找到了归属感。八、**爱情**：对某些参与者来讲，鲁米就像一个爱人。九、**宗教的桥梁**：对于在这个国家的穆斯林而言，他们发现鲁米构建了一个宗教的桥梁，透过鲁米，一些穆斯林在美国更易被接受。十、**他们甚至不喜欢诗**：有人说他们甚至不喜欢诗歌，但他们就是喜欢读鲁米的诗。十一、**融入鲁米灵修的世界**：他们发现鲁米非常善于表达，并发现他们在经历鲁米自己灵修开悟的过程。十二、**导师**：他们把鲁米看作自己的灵修导师。

印度神秘主义者称之为第四者(turya)，科学名词为"半睡半醒的状态"，鲁米称之为偷走睡眠的人——但都是挚爱者另外的说法而已。它介于睡梦和醒着的状态，通常在凌晨时刻发生(凌晨4点左右)。在这种状态下，身体好像是麻痹的，嘴是微张的，这时人可能会经历丰富的灵性体验，包括天人、圣人及先知的现身。数个世纪以来，无数的启示及教义都是以这种方式传达给神秘主义者的,这也是接收创造性灵感的一种方式。很多次我也发现自己被偷走睡眠的人唤醒,要么是他的现身,要么是音乐灵感的涌现。透过无数文化的各种类型的完整的乐曲都以绝对的清晰在幸运者的耳里被偷走睡眠的人"演奏"着——或者我们可以称这个人为缪斯?希望偷走睡眠的人也能赐予你一次灵感的造访。

在过去的十几年里,我有幸翻译鲁米的作品,目的之一便是让读者更近距离地欣赏鲁米波斯语的瑰伟。鲁米活在波斯语里。鲁米诗歌的波斯语版是一个神迹,是最优美的声音,疗愈你、提升你、迷住你,轻抚你的心,促你成长,令你开悟,亲吻你的右脸,再亲吻你的左脸,温暖你的灵魂,带你更加靠近自己。它是你的Yaar(爱人),张开双手环抱你,紧搂着你,对着你的耳朵轻诉宝贵的秘密。就像完美的爱人,他或她永远不会抛弃你;他或她不会放下你,Yaar也不会离开你,再找别人。它只为你存在。

鲁米是非凡的,他度过自己非凡的一生,留下一个百宝箱,里面有最好的红宝石和绿宝石,每一颗都像他的心那样大、那样无限。这本诗集里的诗歌便是这样的宝石。它们节选自我翻译的鲁米第二本诗集《掀开神秘的面纱:鲁米诗歌音译及诗意的诠释》。在《掀开神秘的面纱》中我试着以一种容易遵循、跟随的四步法,让你更加贴近鲁米波斯语的声音。《掀开神秘的面纱》让读者发出鲁米诗歌波斯的语音,并透过音译阶段,看出原诗的结构及韵律。之后透过字对字的翻译过程,你便能知道每一个词的意思。最后,它便展示出二百五十二首非常有诗意的诗歌版本,接近波斯语。每首诗的波斯语写法也展示在内。在《掀开神秘的面纱》及《偷走睡眠的人》两本书中,引自两个版本的鲁米的《沙姆士·塔布里兹诗歌集》的原始编号还在,引自阿米尔·卡比尔(Amir Kabir)出版社的编号以AK结尾;引自德黑兰大学(University of Tehran)出版社的以UT结尾(若想获悉更多资讯,请详阅《掀开神秘的面纱》)。

《偷走睡眠的人》节选自《掀开神秘的面纱》中最

好的部分。它虽被翻译为英语，但充分尊重鲁米最初的声音。目的就是为了展示最接近鲁米自己语言的诗歌，但又不显得过于直译，过于不地道。在这个世界，有着被译者翻译的鲁米的诗的各种版本，但这些译者都不知道波斯语里的鲁米自己的声音。我希望你把这个礼物作为一个欣喜的转变，也希望在这些珍贵的字里行间表达出的爱会赐福给你的家和你的心。

迪帕克·乔普拉对我的译作的支持一如既往、无比慷慨。我要向他致以最衷心的感谢；也要对赫姆出版社的雷吉娜·萨拉·瑞安 (Regina Sara Ryan) 和达西娅·祖卡雷洛 (Dasya Zuccarello)，以及帕梅拉·迈尔斯 (Pamela Miles) 对这个序的反馈致以最衷心的感谢。

希望沙姆士的智慧继续激励我们，希望他的慈悲成为我们合一路上的指引之光。

至爱，

沙赫拉姆·希瓦

献给

鲜为人知的

波斯形象的

希瓦神

امروز سماعت و سماعت و سماع

نور ست و شعاعت و شعاعت و شعاع

این عشق مشاعت و مشاعت و مشاع

از عقل وداعت و وداعت و وداع

Emrooz samaa'ast-o, samaa'ast-o, samaa

Noorast-o shoaa'ast-o, shoaa'ast-o, shoaa

Een eshgh, moshaa'ast-o, moshaa'ast-o, moshaa

Az agh'l vedaa'ast-o, vedaa'ast-o vedaa

我试着以一种容易遵循、跟随的四步法，让你更加贴近鲁米波斯语的声音。透过音译阶段，看出原诗的结构及韵律。之后透过字对字的翻译过程，你便能知道每一个词的意思。最后，它便展示出非常有诗意的版本，接近波斯语。它虽被翻译为英语和汉语，但充分尊重鲁米最初的声音。目的就是为了展示最接近鲁米自己语言的诗歌，但又不显得过于直译，过于不地道。在这个世界，有着被译者翻译的鲁米的诗的各种版本，但这些译者都不知道波斯语里的鲁米自己的声音。我希望你把这个礼物作为一个欣喜的转变，也希望在这些珍贵的字里行间表达出的爱会赐福给你的家和你的心。

——希瓦

today | it is samaa and | it is samaa and | samaa

it is light and | it is illumination and | it is illumination and | illumination

this | love | it is unifying | it is unifying | unifying

of | intellect | it is bidding farewell and | it is bidding farewell and | farewell

---

Today it's time for samaa, for samaa, for samaa.

Today is bright and illuminating, illuminating, illuminating

This love is unifying, unifying, unifying.

And it's bidding the intellect farewell, farewell, farewell.

今天该跳旋转舞，旋转舞，旋转舞了。

今天是明亮的和灵感的，灵感的，灵感的。

这爱是合一的，合一的，合一的。

它在和头脑说再见，再见，再见。

偷走我睡眠的人，

用我的泪浸湿我的圣坛。

他一言不发，捉住我，扔我在水里。

这水是甜的，也甜了我的。

✱ 56 صفحه

我的宝石因挚爱者的宝石红酒而纯净。

我的杯子因我而哀号、呻吟。

这酒我喝了一杯又一杯，

于是我成了酒，酒成了我。

反复呼唤上帝之名为满月带来光芒。

这反复把迷途之人带回真理之途。

把这作为你每个清晨每次祈祷必说之词吧，

它就是：没有上帝，只有阿拉。

ه ح ف ص

你灵魂里有生命的力量，探寻那生命吧。

你身体的矿山里有宝石，探寻那矿山吧。

哦旅者，你若在找它，

不要往外看，要往自己里面看，然后寻到。

挚爱者使我放下赞美和财富。

他为我的灵魂量身定做了一套脉络和皮肤。

这身体是他的袍,我,一个苏菲,住在他的心里。

全世界其实就是庙堂,而他是这庙堂的住持。

ەحفص

你若跟不上我们,这个胡同不要来。

你若不脱光衣服,这个小溪不要来。

这是罗盘的中心,不是给胆小鬼的,

待在你那里,这里不要来。

哦你,像太阳独步天庭。下来吧。

没有你的脸,花园和叶子都是黄的。下来吧。

若没有你,宇宙只是尘与灰。下来吧。

若没有你,这酒醉的聚会就是冷的。下来吧。

我们醉了,不是因为酒。

我们聚会,如此欢快,不是因为竖琴或鲁巴。

没人斟酒,没人做伴,没人演奏,甚至没有酒,

我们却烂醉如泥,凌乱,晕眩。

今儿到底是什么天儿，天空有两个太阳。

今儿比任何一天都特殊。

天堂召唤大家参加婚礼，

对着人们的心儿喊："好消息，今儿是你们的日子。"

ح ف ص

我围着你转的时候，

是斟酒人、酒和酒杯聚会的时候。

你看到恩典壮美的光的时候，

你的灵魂，惊愕、讶异，一如亚兰的儿子摩西。

今晚我围着挚爱者的屋子转个不停。

围着他的屋子,我要转啊转,直到天明。

每种口味的酒都以他命名,

我手中这头颅是挚爱者的酒杯。

ہ ح ف ص

慧眼识别吧。爱是美德的行为,

之所以有害,是因为人有坏的那一面。

你口中的爱不过是欲望,

欲望和爱相去甚远。

哦我的灵魂，你的心和我的有一条线连着。

我心正在找那一条路。

我心清澈纯净似水，

而纯净的水是映照月光的完美之镜。

❀

不要谈论夜，因我们的日子没有夜。

每种宗教都有爱，爱却无宗教之分。

爱是海洋，无边无岸，

很多人溺水，却听不到后悔的呻吟，对上帝的呼唤。

他们说:"头脑的爱更好,

所有信仰中,偏见更好。"

是的,你们的话金子般闪烁,但是,

我的生命,献给沙姆士·塔布里兹,更好。

挚爱者关闭合一之门,挡住我的路。

挚爱者用痛苦和忧伤打碎我的心。

从现在起,我破碎的心要和我一起等在门口。

因他更喜欢心碎的人。

突然酒醉的甜心出现在我的门外。

她喝了一杯宝石红酒,坐在我身旁。

看着,捧着她缕缕发丝,

我的脸全成了眼,眼全成了手。

حفص

每一天,甜心都是新的,

手里捧着一杯,盛满激情和兴奋。

我若接受,头脑这瓶子便会迸裂,

若不接受,她会搅得我不得安宁。

我眼里满是挚爱者的脸。

眼见这个我好开心,因为我见到了挚爱者。

这眼见和挚爱者并无二致。

要么挚爱者在这眼里,要么这眼在挚爱者之中。

❁

这响雷来自我的土星。

这芬芳来自我的花园。

他是在我心上和灵魂里的那一个。

除非他走掉——但他能走到哪里呢?他就是我的。

合一路上，聪明人和傻子是同一个。

爱的路上，亲密的朋友和陌生人是同一个。

已品尝过与至上灵魂合一之酒的那一个，

在他的信仰里，克尔白和庙堂是同一个。

在爱里，只需啜饮永恒之酒，除此无他。

活着不为什么，只为给出生命。

我说："先让我认识你，然后我就死去。"

他说："已认识我的人，再不会死去。"

这个胸膛，充满火焰，是他学堂里的一课。

今天我的病是他的发烧。

我会远离医生开的药，

除非那是从他口中吐出的酒和糖。

不管我头放在哪儿，他都是头下的枕垫。

在六方及六方之外，他都是上帝。

花园、花朵、夜莺、旋转舞，以及伴侣。

这些统统是借口。他才是我唯一的理由。

无论内外,他都环绕着我的心。

我的身、魂、血、脉,都是他。

亵渎与信仰怎能融入我的存在?

我的生命并无价值,因他才是一切。

❋

对你的记忆让我盲目,哦挚爱者。

你脸的光芒恰蒙了你的面,哦挚爱者。

对你双唇的想念,剥夺了我对你双唇的索取。

对你双唇的想念,恰蒙了你的双唇,哦挚爱者。

我已疯掉——你怎还指望我睡着?

疯子怎找得到睡着的法子?

因为上帝不睡,他不用睡。

对上帝疯狂的人,也不用睡。

我喝的那酒,灵魂是酒瓶。

它的狂喜已把我头脑偷走。

一道光进来,在我灵魂深处点起一把火。

这光如此耀眼,太阳只能像个蝴蝶围着它转。

只要那人见人爱的天使的脸还在我心里,

全宇之中还能有谁比我更喜悦?

我发誓,我只知道如何喜悦地活,

我听说过忧伤,但不知此为何物。

存在和不存在我都很陌生,

但逃离二者并非高贵之举。

若我心中种种奇迹,

并未让我变疯,那是因为疯狂本身。

当我的真爱甜蜜的一瞥映入我眼，

像炼金术，它转换我铜样灵魂。

我用一千只手想要抓住他，

他却伸出胳膊紧抓我双脚。

我迷失在上帝里，现在上帝就是我的。

不要到处找他，因他在我的灵魂里。

我就是苏丹。假如我说谁是我的苏丹，

那我是在说谎。

没有信仰的心沉浸于悲痛和忧伤。

没有信仰的人无法真正地活。

我没告诉过你们吗？没人会记得我，
除却忧伤。给那忧伤点一千个赞。

❋

每天我的心都在你的忧伤之痛中跌得更深。

你残酷的心已对我厌烦。

你抛下我一人，但你的忧伤还在。

真切地，你的忧伤比你更显忠诚。

是爱给人带来幸福。

是爱给幸福带来喜悦。

不是母亲生了我,是爱。

给爱一百个祝福和赞美。

ەحفص

你的芬芳从未离开我的鼻子;

你脸的影像从未离开我的视线。

生生世世,日日夜夜,我都渴望你的到来。

我的生命将尽,但对你的渴望一如既往。

如太阳般的爱人会发光。

如原子般的爱人会旋转。

当爱的春风开始旋转,

所有未死的枝随之起舞。

❋

ه ح ف ص

我看着挚爱者,他的脸羞红。

我若不看,他会引得我心疼。

在他脸的池子里,星星都看得见,

若没有他的水,我的水只是泥巴。

没喝过酒的人能睡着吗?

听到他消息的人,怎能睡着?

爱整夜在我耳边低语。

入睡,他若不来,只悲伤在。

对已找到你的,生命还有什么意义?

妻子、孩子和生活还有什么意义?

你把人变疯,然后给他们两个世界。

已因你爱变疯的人,世界还有什么意义?

我的诗，爱的歌与诗被水带走。

衣服，我甚至没来得及拥有，就被洪水带走。

好的，坏的，苦行，和我的波斯血统，

月光给予，不过，月光又拿走。

❊

有挚爱者的生命之水，疾患不再，

在挚爱者合一的玫瑰园，荆棘不再。

他们说有一扇窗从一颗心通向另一颗，

连墙都没有，哪儿来的一扇窗呢？

双胞胎聚会时,有红热的光发出。

在心的溪流中,有你的声音发出。

纯净的水现在成了幻境,炽热的火冰冷如雪,

生命的传说已过去——它仅仅是一个梦吗?

我亵渎上帝,又信仰上帝;纯洁,又不洁;

老人,年轻人和小孩。

若我死去,不要说他死了。

要说他死了,又活过来,被挚爱者接走。

它所需的就是爱的甘露，以生成亚当的泥身。

几滴甘露，还有一世界的诱惑及感觉被设定。

它在灵魂的脉络上洒下一百条的爱，

有一滴渗进，变成我们所说的"心"。

❉

صفحه 78

任何饮下您爱的甘露的灵魂都获提升。

因那生命之水，他处在喜悦中。

死亡来临，闻了闻我，竟闻到您的芬芳，

从那时起，死亡对我彻底死心。

当我想到你，心便狂跳。

血泪划过我的脸庞。

第一次接收到朋友的消息时，

我可怜的心儿跃出身体，直达云霄。

这孤独堪比千条命。

这自由合得一切土地。

与真理合一的刹那，

抵得整个世界，再加这条命。

因着你的爱，青春之火燃起。

在胸膛里，灵魂的美景升起。

你要想杀死我，杀死我，那就来吧。

当朋友被杀死，新的生命会再来。

你的爱只是借口。

你的醉只是歌儿。

何必持不善的刃击我？

只鞭子轻触足矣。

幸运儿的呼吸似玫瑰香甜。

不幸者的则似荆棘扎人。

说到玫瑰，荆棘就从火中逃离。

谈及荆棘，玫瑰依然立于火中。

当你的爱把我的心点燃，

我的所有化为灰烬，除了你的爱。

头脑、成就，还有放在架子上的书——

我反而学会了诗，爱的歌与对联。

我看不到真理,只有上帝知道,

为何他让我内心大笑。

我的心像一枝花,

晨风轻柔地把它摇来摇去。

❀

我想要来自你的存在的微粒。

让我的眼只在你双脚的尘埃里徜徉。

对挚爱者的残忍我感到喜悦与欢欣,

正是这残忍证实了挚爱者的忠诚。

我希望我的心儿与忧伤合一。

感受他忧伤的手是何等神奇!

了解这一点,哦无心的心,抓住他的忧伤。

不久,你就会知道,他的忧伤就是真真的他本人。

ەحفص

❃

在爱的路上,你若歇息哪怕一刹那,

那么与爱人并肩的你还需做什么呢?

似荆棘尖硬,靠近纤柔如玫瑰的挚爱者,

如此你能揽他入怀,有他相伴。

在无私的胡同，傲慢无处落脚。

自尊和诚实才是最畅销的。

到了那儿，你要奋力一搏，

要么你败他们赢，要么你赢。

❀

在爱的小酒馆有这么一群醉汉——有谁见过？

酒桶破掉，四处都是——有谁见过？

天堂的地板和天花板都是酒，

每个人的手里都握着酒杯——有谁见过？

当苦行僧吐露世界的秘密,

随着每句话的说出,他都在加持伟大的土地和宫殿。

苦行僧并不乞求通关,

有人要他的命,他都会给。

旋转舞让我们的心痴迷旋转。

就像春天的云,它让我们充满闪电。

哦维纳斯,快乐之源,张开你宽厚的手掌,

因为乐手和鼓掌的手连动一动的呼吸都没有了。

最后，幻想的山不过是一座屋。

我宏大的生命不过是借口。

你倾尽一生耐心听我的故事，

现在请听这个：一切不过是传说。

❋

我走向合一之主的屋

他出来走向我，大笑。

揽我入他的怀，像方糖一样甜，

说："嗨，哦爱人，哦苏菲，哦科学的人。"

因你爱疯狂的那天，

我疯狂得比魔鬼更甚。

你的睫毛一动是如何触动我的心啊？

连最好的诗颂集的笔触都无法企及。

你的牢笼比自由更令人欢悦。

你的诅咒比冰糖更令人欢悦。

你的剑击比生命更令人欢悦。

接受你给的致命伤比永恒的健康更令人欢悦。

爱人从你的胡同爬进爬出，

他们在血流里沐浴；没有找到你，他们放弃、离开。

我像大地永远驻扎在你的门口，

但其他人来去如风。

❁ حفص

有一个国王，清楚你戴的每一张面具。

不管你是沉默还是哀号，他一样清楚。

每个人都想站起演说，

我却服侍崇尚沉默的那一位。

啊，不要说那些还在路上摸索着的不是被拣选的，

不要说那些基督的追随者或无神论者不是被拣选的，

只因为你不是被拣选来保守秘密的，

你才认为其他人不是被拣选的。

❀

没有见到主人的一生，

要么是装死，要么是沉睡。

污染你的水是毒药；

净化你的毒药是水。

当他的双唇充满愤怒,

甜蜜的雨落进两个世界。

若你在心窝见到月亮,

请听我说,那是沙姆士·塔布里兹。

爱来自无限,直到永恒。

爱的追寻者逃离生死之链。

明天,当复活来临,

不在爱里的心将无法通关。

你称他月亮——你错了。月亮怎比得上?

你称他国王——你错了。国王怎比得上?

你说了多少次,"你起晚了"。

当太阳与我同在,时间还有什么意义?

❀

我已爱上你,建议何用?

我已尝毒药,蜜糖何用?

他们说:"拿绳绑他的脚。"

是心发了疯,绑脚何用?

任何经过我坟墓的人都会醉。

若他停在那里,他会因永恒而醉。

若他走进海洋,海洋和海岸也会醉。

若他走进坟墓,坟墓也会醉。

❀

除非信徒彻底摧毁自己,

合一不会降临于他。

合一不能被穿透。它是你自我的摧毁。

否则,每个卑微的人都能变成真理。

没有爱，世上便没有喜悦和欢宴。

没有爱，便没有真正的生活与和谐。

假如一百个雨滴从云层落入大海，

如无爱的参与，即使最深的水底也化不成珍珠。

谁说不死的已死？

谁说希望的太阳已死？

看，那是太阳的敌人到了屋顶！

紧闭着双眼，大喊："哦，太阳已死！"

我已被五花大绑,但又被绑了一根绳子。

我已经伤心透顶,但又来了一件伤心事。

我已被他弯曲的头发缠绕,

但脖子上又上了一条索套。

今天挚爱者要我发疯。

我已发疯,但他要我再疯一点。

若非如此,那么为何他撕下面纱?

我已失态,但他要我原形毕露。

知晓未知之秘的路上的人,

是隐藏在心胸狭窄之人的视线之外的。

你见过比这更奇特的事吗? 得到真理的人,

成为信仰者,却被人视为异教徒。

这屋子的女主人一无是处,

她无非在玩愚蠢的游戏。

真正的女主人是,当你处在坟墓的一端,

从天空的花园,她会打开地平线的一千道门。

看呢，哦疲惫的心，解脱已到。

甜蜜地呼吸，因那伟大的已到。

挚爱者，照顾爱人所需的那位，

以人形，已来到这世界。

❀

我的心越想寻得他的认可，

他话说得越像刀锋。

看！有血从他的指尖滴出。

他为何在我的血中洗他的手？

哦心，暗夜中的晨光，有谁见过？

好名声的真正的爱人，有谁见过？

你大声哭喊，我已烧焦，

别哭，烧焦，却没熟，有谁见过？

科萨河旁你门口的尘更令人欢悦。

在你的路上，来自我头的双脚更令人欢悦。

当你爱的鼓声被月亮听到，

月亮变成两个，说："这种转法更令人欢悦。"

哦旋转的人,让胃空起来。

竹笛哭得深沉,是因里面的空。

要是你肚里装太多糕饼,

便得不到爱人,他的亲吻,以及一切。

当我诗意的天性在对上帝之名的反复吟诵中找到生命,

诗的女神进入心房。

它在每首诗中造出童贞女一千,

每一个,纯如马利亚,童贞却受孕。

上帝向先知示现神圣的灵感。

他说:"除非是爱人的胡同,否则不要停留,不要踏入。"

宇宙可能是你的火焰焐热的,

但听着,说到灰,火也灭掉。

若没有你,我种玫瑰,长出的却是荆棘。

孔雀蛋里爬出的是蛇。

我拿的是鲁巴,声音听起来却是塔尔。

我若弹起,即使八重天堂也化为灰烬。

我说:"我的眼。"他说:"集中双眼于他的来路。"

我说:"我的肠。"他说:"把它们撕开。"

我说:"我的心。"他说:"你心里有啥?"

我说:"你的忧伤。"他说:"这个留着。"

❀

我说:"告诉我做什么?"他说:"去死。"

我说:"我越发轻盈,不洁已逝。"他说:"去死。"

我说:"我变成蜡烛,蝴蝶,哦你的脸,是我明亮的蜡烛。"他说:"去死。"

哦心啊，脱掉你所有的衣服，扔到路上。

把它看作约瑟夫的衬衫，盖在你的脸上。

你是一条小鱼，离开水便没法活。

什么都别想，只管扔自己到这溪。

حفصه

哦郁金香，来，经我的脸看清颜色的振动。

哦维纳斯，来，由我的心熟悉竖琴的音声。

当内在合一之声唱起歌儿，

哦永恒的命运，来，习得它甜蜜的旋律。

入夜,但我辨不出夜与昼。

看到他太阳般的脸,我的夜如白昼般明亮。

哦夜,你暗,是你不懂他的光亮,

哦昼,去和他学发光是怎么回事。

我又来放了一把火,

烧掉忏悔、罪孽、过错和偏见。

我带来一团火焰,它说:

"凡不属上帝的道,都要远离。"

对这进化世界的游戏,不要怕。

对眼前的,未来的,不要怕。

充分利用生命这呼吸。

不要想逝去的,未来,也不要怕。

因为你不是爱人,还是围着羊毛转去吧。

去做一百种职业中一百种类型的一百种工作吧。

若你头颅中没有爱的酒,

那就去爱人的厨房舔碗。

那隐藏的乞丐已露脸。

在我双眼的光里找寻他的足迹吧。

他是上帝或他是上帝派来的。

哦灵魂的乐师,请和我待一呼吸的刹那。

哦爱,转换这些乖戾人的个性吧。

哦世界的脊梁,向美的追寻者展示善良吧。

你脸庞的花园会变小吗?

从你下巴的苹果里,你能给出两三个桃子吗?

昨晚我看到他坐在众人之中。

我无法揽他入怀，

所以我把脸贴着他的，作为一个借口，

好像我在他的耳边悄悄说神圣的话语。

哦心，不要担忧你的命运。

在这疏离的世界，来加入我们的聚会。

你若要乘着晨风，驶入永恒，

那么变成苦行僧马儿脚下的尘埃吧。

我有时称他为酒,有时为杯。

有时为抛光的金,有时为粗糙的银。

有时为诱饵,有时为猎物,有时为圈套。

这些都是一个谜,直到他的真名显现。

❋

你说:"你好吗?"来,因为我像白昼一样欢欣。

就像白昼,我给自己画上句号,在喜悦中全新开始。

看到你火样的脸,我变成野芸香,

在你的火焰中燃烧,燃烧,燃得这般欢悦。

时时服务真理,你便成永恒。

把自己丢进真爱的兴奋与狂热。

在你身体的酒桶里像酒一样煮沸,

然后看到自己变成神圣的伴侣和斟酒人。

昨晚静修,我与真知之主交谈。

我说:"请不要对我隐藏世界的秘密。"

带着一如既往的优雅,他对我耳语:

"看得到,却说不出。别说话。"

今天该跳旋转舞，旋转舞，旋转舞了。

今天是明亮的和灵感的，灵感的，灵感的。

这爱是合一的，合一的，合一的。

它在和头脑说再见，再见，再见。

夜莺来到花园，我们这才逃离渡鸦。

是你带我们来花园。哦我们双眼的光。

像百合花，我们开放，从自我中释放。

像流动的溪，我们流进一个又一个花园。

在纯净之水,我似盐消融,

亵渎不再,信仰不再,确信不再,犹疑不再。

在心的中央,升起一颗星。

竟令七重天堂失色。

有一段时间我住在人群中,

从未真正嗅到文雅之味,也看不到善良之色。

我若再次藏起,会更好,

就像水在铁中,火在石中。

这爱是完美,完美,完美。

激情是想象的,想象的,想象的。

这光充满荣耀,荣耀,荣耀。

这是合一,合一,合一的天儿。

质问揭不开真理的谜,

布施也不能。

除非眼和心已遭受五年血淋淋的折磨,

只靠喋喋不休的话,没人能走上无私之路。

你问我要金和心，哦心碎的人。

真的，我既没有这个，另一个也不可能。

什么金？何时的金？哪儿来的金？贫穷的人和金？

什么心？何时的心？哪儿来的心？爱人和心？

※

这个世界充满基督的临在，

那么反基督的袍衣何处安放？

这个世界的口袋满是结晶水，

那么黑心的苦汁何处安放？

完美的爱和这美的偷心者。

喋喋不休的心和哑了的舌。

你听过这般稀有的故事吗?

我快要渴死,但我身旁就流着结晶水。

❀

像一条蛇,忘情地,我又扭又转。

像爱人的一绺发,我又扭又转。

我发誓,我不知道这是什么扭转,

但我知道,我要不扭转,就不存在。

我来自造化，是造化之主，

我不再默默不语。

自从真理的"火化厨房"充斥赤裸的身体，

对温水，我还能忍耐多久？

哦生命和世界，我已忘却生命和世界。

哦明亮的月亮，我已认不清大地和天空。

酒莫要放我手中，请倾入我口。

我对你这般迷醉，竟忘了口在何处。

你以为我在这儿做主吗?

你以为哪怕一口呼吸都属于我吗?

我就像作家手中的笔,作家其实就是我自己,

就像马球棍,要听命于马球的主人,那就是我。

我闻到草丛中你口的芬芳。

我在百合与菊花中看到你脸庞的颜色。

即使没有这些,我只张开我的嘴,

就能听到你的名字被一次次说出。

我失业了，但你爱的忧伤是我新的职责。

在这些失业的日子，我种植忠诚的种子。

日日夜夜我雕刻合一完美的脸，

运用我的想象，就像剃斧，好似我是木匠。

除非你放下自己的欲望，否则我不会屈服。

除非你接受我的命令，否则我不会屈服。

甩掉你廉价的诡计，也别总是装死。

我发誓取你的命，除非你死，否则我不会屈服。

你的爱把我的灵魂从身体举到天空,

你把我举出两个世界。

我想要你的太阳靠近我的雨点,

这样你的热量才能把我的灵魂升举,如云升起。

❈

在此之前,我尽是疯言疯语。

我抱怨这,抱怨那。

我一辈子都在咚咚敲这门,当他们打开,

我才发现,原来我一直是从里面敲的。

今天我要跳醉人的旋转舞,

用头颅做个杯子。

今天我在城里到处走,

抓一个文化人,把他变疯。

我不是诗人,诗也养不活我。

我不放大优秀,因为我不在意。

我的艺术和优秀只一杯而已,

除非出自挚爱者的手,否则我碰都不碰。

我在自己内边看得很深。

不需双眼，却把一切看清。

既然透过他的眼睛就能看到世界，

那我还麻烦我的眼睛做甚？

甜心进来，看我又累又伤心。

他笑着，走向我，坐在我身旁。

挠挠我的头，他说："哦我的小可怜……

看你这样，真不怎么好过。"

我的围巾、披肩和包头巾——所有这三样，
估价很低。
你没听到我的名字传遍整个世界吗？
我是无名之辈，无名之辈，无名之辈。

你若炫耀耐心，我就把这美德从你身上拿掉。
你若睡着，我就把睡眠从你眼里擦掉。
你若变成山，我就融你在火里；
你若变成海，我就喝光你的水。

我用头触碰你门前的土地。

我的心被你缕缕黑发缠绕。

生命已到我嘴边——把你的嘴靠近我的,

这样最终我才能把我的生命放进你甜蜜的口中。

我们已经把我们的工作、商店和信仰点燃。

我们转而去学习诗歌,爱的歌曲和对联。

在爱里,他是我们的心、魂和视野;

心、魂和视野,我们已经把这所有三个点燃。

有时在合一的路上我们似被干扰。

有时我们在分离之痛的火中烧焦。

当你—我的幻象从我—你之中消失,

之后我—你,消散了你—我的面纱,一起活在极乐。

❀

曾经,年轻时,我成为师父。

一度,我喜欢看到朋友。

现在,请听我的故事的结尾,看发生了什么——

我来如云,去如风。

我们在欢庆,要来就拿着达甫。

起来敲鼓吧,因为我们胜利了。

我们醉了,但不是葡萄酒弄醉的;

任何你能想到的,我们都要离那远,远得多。

这是我:有时隐秘,有时示现,

有时是忠诚的穆斯林,有时是犹太教徒和基督徒。

为了符合每个人的内心,

我每天都换一副新面孔。

哦挚爱者，接受我，解放我的灵魂。

把我弄醉，把我从两个世界里解放出来。

假如我把心思偏离到除你之外的任何，

请用火烧我的内在，也把我从那偏离解放出来。

死亡的那一刻，当灵魂用完身体，

它扔掉这毫无生气的僵尸，就好比是用坏的破布。

这尘埃的身体又回归尘埃，

灵魂，用她纯净永恒的光，再造一个身体。

哦纯净的灵魂,是忧伤纯化了你。

哦神圣的身体,是忧伤毁灭了你。

你内在燃烧的爱之火,

将是你天堂的花园。

❈

紧靠你自己,丢掉对我的黏腻,即使你和我在一起。

你离我还有一大段距离。

除非与我相融,否则你触不到我,

在爱的路上,要么"你"留,要么"我"留。

他昨晚用一百个爱的咒语偷走我的心。

他打开我的胸膛,发现里面都是血。

他说:"把他放在火里烤一会儿。"

意思是,他还没熟,所以他都是血。

去选择痛苦,选择痛苦,选择痛苦。

我没有问题的答案,只有痛苦。

不要感到孤独,不要说你没有伴侣。

缺少痛苦才是真正的问题。

埃及和巴格达之书，哦灵魂，

里面填满我的哭喊，哦灵魂。

一小时的爱胜过一百个世界——

让一百个生命奉献给爱，哦灵魂。

✺

一天我说我们的灵魂是同一个——

我从此再不会与你分离。

我知道你赢得了我失去的所有——

我失去，这样我才能和你在一起。

当你的胸膛释放受限的我执，

你就会看到永恒的挚爱者。

没有镜子你便看不到自己；

看看挚爱者，他是最亮的镜子。

在你想象的胡同，你在找什么？

你为何用你沾血的泪洗脸？

从你头部的王冠到你的脚趾，全部都是真理；

哦你，无视你的本体，你在找什么？

哦已经死去的你，把欲望带到坟墓解开你的结。

你在合一中生出，在分离中死去。

你已入睡，口渴，但你就在山泉旁，

你穷困潦倒，但你就在宝藏之巅。

✹

哦主，不要用六识诱惑我。

不要用不是你的任何玩我。

我走向你，逃离我自己的诱惑，

我全是你的——不要再把我还给我自己。

你知道夜是什么吗?听着,哦智者:

首先,让爱人远离外面的人。

今晚是特殊的,因月亮是我们的室友!

我醉了,月亮恋爱了,夜疯了。

我说:"你是酒,我是杯子。

我是死的,你是生命的源泉,

现在打开忠诚的门。"

他说:"安静。有谁会让一个疯子在屋子里游荡?"

我是镜子,我是脸,

我被无限的茶托迷醉,

我是痛苦的反射,我是疗愈,

我是生命之水和盛水的桶。

❋

欢悦地,我的偶像,你带着全新的脸而来!

大笑着,你带着最稀有的红宝石的嘴唇而来!

那天,当你从我的胸膛把我的心掏出,还不够——

因为你今天又来,要我的命。

当你发现自己和挚爱者在一起,有一刹那的拥抱,

那一刻你会发现你真正的命运。

啊,不要破坏这宝贵的时刻,

这样的时刻非常、非常稀有。

哦月亮,你已升起,变亮。

你已起舞,围着天堂转。

当你了知你与真理合一,

就像真理本身,你也会从人们的视线中消失。

昨晚你睡去，留下我一人。

今晚，你装睡，

我以为你和我是一个，直到复活那天——

你酒醉的承诺到底怎么回事？

我向你索要一个吻，你给我六个。

你是这样一位明师！你曾是谁的学生？

你创造的善良和慷慨何其伟大！

现在，因为你，这世上的一千个灵魂得自由。

我是一个粒子,你使我比山更伟大,

我一直落后,你使我成为一切的头领。

你使我成为受伤的心的疗愈,沉醉于狂喜,

你使我在极乐中随着自己掌声的节拍跳舞。

你使我成为宗教之路上旅人的目标,

忠诚信仰的见证者。

我说:"我是虚弱的,这负担于我太重。"

你给我力量,使我壮似一座铁山。

尽管你与挚爱者合一的日子就在百天之后，

灵魂却受不了心的哀号。

哦嘲笑这说辞的你，

你还没发疯吗？还执于头脑吗？

这是你，竟让我醉在一个寺庙里，

当我还坐在寺庙里时把我变成偶像崇拜者。

在这场关乎好坏的游戏中我无计可施，

我就在你的手心，等候你温柔的掌控。

这就是你：一百个求情和一百个悲叹。

我想吻你的脚，但你不让。

给我水，给我火——不管你给我什么，

你都是苏丹和所有土地的统治者。

哦爱世界的你，你只是被雇佣的奴隶。

热恋天堂的你，却远离真理。

你无知地欢悦于两个世界，

是因为你没体验过他的悲之喜乐，情有可原。

为了你的爱,每个角落都有人通宵达旦。

夜正从你缕缕发丝筛下琥珀色。

永恒的画家在画各方影像。

他在画塔布里兹,为了安慰我心。

我做什么都错,做对的只有你,那就够了。

此生深沉的爱欲就是你,那就够了。

我知道,当我决定离开这个身体,

人们会问:"他都做了什么?"答案是你,那就够了。

除非你找到疼痛，否则你找不到解药，

除非你放弃生命，否则你不会与至高灵魂合一。

除非你找到自己内在的火，就像朋友，

否则你无法触到生命的泉，就像绿人。

你会为你痛苦的生命思虑多久？

你会为这有害的世界思虑多久？

它能拿走的只有你的肉身而已。

废话少说，抛却思虑。

如果你是有心人,在我们的路上你会丢掉你的命,

如果不是,把头浸于悲伤,你会获得我们的谅解。

土地无法经由怀疑被发现——

就好比还陷在泥里时却在找寻真理!

我在你爱的沙漠中行走,

希望找到与你合一的词。

在我进去的每一个屋子,

都看到四散的肉体与落地的头颅。

你若在找寻灵魂的地，你就是那灵魂。

你若在找寻一块面包，你就是那面包。

假如你知晓这个秘密，就会清楚，

你要找寻的一切，都是你。

❀

在人的心有一根蜡烛，等待点燃。

在与朋友的分离中，有一处伤口等待缝合。

哦，对爱的坚韧与燃着的爱火毫不知晓的你——

爱是从你自己的自由意志而来，无法在任何学校习得。

你用荆棘抽打眼睛,眼睛便流泪,

你能让这心,和发丝一样弱,变成你不善之箭的靶。

即使你打我的脸一千次,好比击打达甫,

我也不会松开你的衣。

✺

ه ح ف ص 140

你用一百个陷阱障碍我。

你夜里传信,让你一个人静静。

我若走了,谁还能让你感到安全温暖?

哦挚爱者,谁有和我一样的名字?当你呼唤,谁会来?

我是风,你是叶。若不摇曳,那你要做什么?

我授予任务。若不执行,那你要做什么?

当我扔石头打破你的罐,要是没有一百个海,

一百个宝藏倒出,那你要做什么?

我不是我,你不是你,你也不是我。

同时,我是我,你是你,你还是我。

我离你这么近,哦,我的蒙古女王,

我不知道到底我是你,还是你是我。

我说:"你好,我的月亮,你开心吗?你伤心吗?"
月亮说:"我的状况还用谁问吗?
这是月亮的脸,
散发出柔和、和谐与疗愈的光。"

我的灵魂,我以后会不会受不了你?不,不。
我以后会不会爱上另外的人,除却你?不,不。
在你合一的花园里,放眼望去,都是玫瑰,
我还会冲向荆棘吗?不,不。

你是上帝信息的化身。

你映出国王的脸。

宇宙中你无所不是，

任何你想要的，都在你的内在寻找——因你就是。

哦智者，你满脑子都是小幻想，

不知为何，你忽而生气，忽而开心。

我看到你在火焰中，但我让你继续待，

直到你被烤熟，生出智慧，成为明师。

灵魂昼如蛇，夜似鱼，

睁开你的眼，认清旅伴。

有时你和萨满在一起，在深井里，

有时你住在维纳斯的心里，守护着月亮。

✸

你戴着包头巾，不想把它送给乐师，

给出那包头巾，把你的骄傲也一并带去！

拯救自己脱离那无法掌控的！

给出那包头巾，返给你的必是王冠。

哦，鲁巴的声音，你从哪儿来？
你是如此热烈、诱人，时时骚动，
你是心的密探，天国的信使，
不管你发什么声，都是心的秘密。

昨晚挚爱者来到我的门前，因爱而狂，
我说："走开。今晚你别进来。"
他边退边说："这就是你所谓的忠诚，
世界来到你门前，你却不开门相迎。"

你说:"你疯了,似乎要发疯。"

是你自己疯了,你竟向我要智慧。

你说:"无耻!你没有一点儿人情味儿。"

镜子总是显现全然的真理。

PERSIAN MYSTICAL TERMS
波斯神秘主义词汇

生命之水	不朽的内在甘露,蕴含创造精华的甘露。描述的是静坐中人体验到的一种甘泉。
两个世界	今生及来世,这一世及下一世。
挚爱者	上帝,好比一个人最亲近的朋友、同伴和爱人。普遍使用的神秘主义表达方式。
燃烧	灵修提升及净化过程中伴随的痛。
沙漠/海洋	需要跨越的意识的疆域或旷野,如此人才得以自我了悟。
沉醉	迷醉于上帝之爱。神圣的狂喜忘我之感。
花园	比喻,指美丽的和谐的存在状态。也用来指真实的花田。
头发	遇见挚爱者的状态被描述为掉进挚爱者美丽的网状头发里。也可指幻象。
杀死	摧毁我执及有限的认同感,尤其指人打破对肉体的执着。
国王	上帝,挚爱者。
夜莺	向挚爱者歌唱的灵魂。
珍珠	代表性格的成熟及完整。
玫瑰	挚爱者永恒及完美的美丽。在鲁米的诗歌里,玫瑰一词与荆棘是相对的。
悲伤	远离挚爱者之痛。在鲁米的诗歌里,指与上帝分离之痛。
新婚之夜	灵魂(爱人)与上帝(挚爱者)合一的夜晚。也指伟大的圣人离开肉身的日子。
酒	爱的甘露,神圣的使人陶醉的挚爱者的示现。

生于伊朗呼罗珊(Khorasan)省马什哈德(Mashhad),沙赫拉姆·希瓦因其对鲁米诗歌独特且充满激情的魔幻演绎而出名。希瓦是西方世界鲁米的主要译者及表演者,他说着鲁米的语言,对鲁米原波斯语的诗歌也有着纯粹的链接。他翻译了几百首鲁米的诗歌,这构成他著名演唱会及各种表演的基础。他翻译的鲁米诗歌也被当代西方鲁米其他的译者引用,如安德鲁·哈维(Andrew Harvey)和乔纳森·斯塔(Jonathan Star),还被引用在教育系统教科书中,以及很多其他出版品中。他的著作包括:《嘘,别和上帝说话:鲁米狂热诗歌》(耆那出版,1999)(*Hush Don't Say Anything to God: Passionate Poems of Rumi*, Jain Publishing, 1999);荣获本杰明·富兰克林入围奖的《掀开面纱:鲁米文学及诗歌翻译》(赫姆出版社,1995)(*Rending the Veil: Literal and Poetic Translations of Rumi*, Hohm Press, 1995),以及《天堂之上的花园:鲁米神秘诗歌》(班泰姆图书,1992)(*A Garden Beyond Paradise: The Mystical Poetry of Rumi*, Bantam Books, 1992)。他是东方神秘教派的长期修习者,经常举办各种工作坊,教授旋转舞,并新创旋转舞四步法。

图书在版编目（CIP）数据

鲁米：偷走睡眠的人 /（波斯）鲁米著；（美）沙赫拉姆·希瓦，白蓝译. ——北京：华夏出版社，2016.11（2024.12 重印）

书名原文：Rumi-Thief of Sleep: 180 Quatrains from the Persian
ISBN 978-7-5080-8837-2

Ⅰ. ①鲁… Ⅱ. ①鲁… ②沙… ③白… Ⅲ. ①诗集-伊朗-中世纪 Ⅳ. ①I373.23

中国版本图书馆CIP数据核字（2016）第122968号

Rumi-Thief of Sleep: 180 Quatrains from the Persian
©2000 Shahram Shiva
All rights reserved.
版权所有，翻印必究
北京市版权局著作权登记号：图字01-2015-8705号

鲁米：偷走睡眠的人

作 者	[波斯]鲁米
译 者	[美]沙赫拉姆·希瓦　白蓝
装帧设计	视觉共振设计工作室
责任编辑	王占刚

出版发行	华夏出版社有限公司
经 销	新华书店
印 刷	北京汇林印务有限公司
装 订	北京汇林印务有限公司
版 次	2016年11月北京第1版　2024年12月北京第9次印刷
开 本	787×1092　1/32
印 张	5
字 数	50千字
定 价	39.00元

华夏出版社有限公司
网址:www.hxph.com.cn 地址：北京市东直门外香河园北里4号 邮编：100028
若发现本版图书有印装质量问题，请与我社营销中心联系调换。电话：（010）64663331（转）